JN115188

西方の樹

秋山佐和子
歌集

砂子屋書房

＊目次

I

III

Ⅵ

装本・倉本　修

秋山佐和子第九歌集

西方の樹

I

丹田

末の子に誂へくれし母偲び黒紋付の畳紙（たたう）をひらく

丹田に力入りたり喪の帯をかたくひと息に結び終ふれば

時雨降る霜月虚空へ立ちのぼる色なき煙のゆくへ思ほゆ

骨壺に入りにし夫を隣人ら落葉掃き寄せ迎へくるるも

戸籍簿

気圧さるる思ひ呑み込み市役所に除籍謄本の手続きすます

地を擦りて黒き枯葉の吹きたまる警察署前に昼のバス待つ

腰までを覆へる夫のカーディガン濃紺にして身にあたたかし

わが髪に枯葉かかるとつまみあぐ息子のしぐさ亡き夫（つま）に似る

おのづから奮ひ立つなり戸籍簿の筆頭者には我が名の印字

夫のファイル

院長室の私物の整理へ通ふ日々かがやきを増す銀杏の並木

懸案のアレルギー関連のファイルらし背文字のびやかに書架に並ぶは

医の仕事こよなく愛し慕はれぬ death in office 本望ならむ

まだ長き出張のやう　口々に言へる人らに深く礼（ゐや）せり

墓前にてコーヒーをたて供へしと夫の同僚医師よりの文

昨日（きぞ）夫の墓参をせしと団地住まひの頃の友より電話来たりぬ

夫はかく一人びとりの胸のうちに惜しまれて生く幸ひなるかな

花びら餅

七七忌あかるく晴れて霊園の垣根の山茶花はやも咲きいづ

遺されし者の健やかなる幸を故人望むと僧の説きます

夫の遺影飾りてくるる家を辞す花びら餅をともに味はひ

正月の墓に詣づる人多しことに若きのゆきかふはよし

香を焚き白き方形の墓石抱く息子の思ひ夫うけとめむ

気配

この家のいづこにもなきうつしみのされど気配す朝も夕べも

霊園の古き卒塔婆を鳴らしけむ裏の竹林過ぐる疾風

夜のほどろ雨音高く窓を打ち心もはらに哭けとうながす

病ひ得し夫にすがりてただ一度哭きしそののち泣かず泣けずも

本当は皆がら放り出したきに遺影の笑顔が今日も引きとむ

遇ふ人とかはす黙礼それのみに心うるほふ春の霊園

霊園の芽吹きの木の間をマラソンの青年つぎつぎ駆け抜けゆけり

春彼岸

百ヶ日過ぎて近づく春彼岸やうやう寂しさつのる日々なり

逆縁の義母の悲しみいかばかり掛けし電話に慰められつ

いとけなき日の呼び名もて義母と義姉こもごも夫を語りくれたり

根雪溶け白樺萌ゆるころほひに夫の分骨なさむと約す

山椒のみどりの一葉添へらるる浅利御飯をいただきにけり

山独活の茎ひともとにマヨネーズ味噌　夫の好みは義母からのもの

空耳に鳴るインターホン花橘香る夜更けの階のぼり来よ

仏壇の夫と眺むる火野正平けさも雨中に自転車を漕ぐ

朝明（け）より響きわたれる画眉（がび）鳥のするどき声を味方に生きむ

洞

夫眠る丘へと通ふ半年に桜は青葉の蔭ふかくせり

瘤だてるふる木の桜われの眼のたかさに晒す赤剝けの洞（うろ）

昨夜（よべ）の雨ふりそそぎゐし桜木のか黒き幹の洞をのぞきぬ

木の洞に頭（かうべ）さし入れ叫べよと低くささやく樹雨（きさめ）のしづく

呼ぶ声は古木の洞より地下ふかく水脈（みを）をたどりて夫に届くか

桜木の洞を離れぬ今呼ばばこころばらばらとなれる畏れに

搭乗

連れ立ちて幾たび搭乗せしならむ四十四年の婚を思へり

ライラック薄紫に咲きけぶる霊園までのいくつもの辻

青やかに若葉そよげる霊園の丘に夫の分骨果たす

なつかしき人らと安らぎ語りたまへ北の大地は夫のふるさと

うりずんの雨

「沖縄　うりずんの雨」の映画観むわが沖縄の闇深ければ

地下鉄にみかけしリュックに白髪のシニヨンの人も上映を待つ

老いしるき日本兵米兵いちやうに顔を歪めて沖縄戦を語る

水たまり小さきに止まる揚羽蝶リュウキュウミスジの紋様に似る

思ほゆる平和の礎に刻まれし遺骨なきといふ友の父の名

新盆

ほのほあげとぐろ巻きゐる迎へ火の麻幹（おがら）を見つむ灰となるまで

ひととせを病みて逝きたる夫の心ながく時かけ思ひゆくべし

苦しかつたね生きたかつたねいくたびも語りかけゐる新盆の夕

夕空に二重(ふたへ)の虹のあらはるる子らと過ぐししひとひの終はり

薄闇の庭に気配す振り向けば大き花麹傾(かし)ぐあぢさゐ

徳島の姉よりカポスと干し秋刀魚とどく今宵の卓ゆたかなり

母に似て張りある声によく笑ふ姉のすぎこし夫亡き半生

泉

身内のみの一周忌にてねんごろに夫への思ひ語りあひをり

おほかたは食にまつはる思ひ出の夫は今も笑ひの泉

君に何もしてやれなかつた　一年を経てよみがへる夫のつぶやき

眠られぬ夜を過ぐして午前五時　空の低きに半月の泛く

あてどなき思ひに沈む昨日けふ霖雨（りんう）しとどに萩をこぼせり

全天の虹

思はざる悲しみ襲ふこれの世に夫の居らぬをまづはよしとす

皇帝ダリア咲くと告げつつ少し泣く書斎の椅子の背もたれを抱き

真澄なる空の奥処（か）へ魅入られて全天の虹架くる君はも

切株の堅さと思ひ撫でてをり泣き叫（おら）ぶ子のいとけなき背を

魚型の銀のクリップ釣りあぐる磁石の遊び子は余念なし

歓びの声たつる子へしぶきあげ海豚三頭身を反らし飛ぶ

ため息は呼吸法のひとつにて胸より出だすよしなしごとを

胸のうち語れと夜半に耳ひらく水に浸しし黒き茸（くさびら）

岬よりはるかに照らす灯とならむ子らのさきはひただに祈りて

恕

天皇の慰霊の旅の映像に「恕（じょ）」の文字ありて赦しと解きぬ

思ひやり赦しの意なり生前の夫は静かに「恕」を語りけり

戒名に座右の銘を問ふ僧へ即座に伝へき「恕」なる一字

名医より善医にと努めし夫の墓誌「寛恕一心」の戒名刻む

論文のやうやく載りしと添書きの別刷供ふ夫の墓前へ

II

ヘッセの恋人

何とよき笑顔なるかと言ひくれし祖父の思ほゆ心弱き日

恋人の唇の小皺を朝顔のつぼみに喩へしヘルマン・ヘッセ

嘆くまじ唇と目尻のさざ波はわが半生の笑顔のあかし

凜と背を伸ばして笑みを絶やさずば不幸を餌（ゑ）とするものら退く

三ヶ島葭子と所沢

形見なる母の時計を取り出だす「葭子と所沢」語りにゆくあさ

秒針のはつかに震へ動きそむ母の時計の捻子を巻くとき

中氷川神社の斎庭(ゆには)に春落葉掃き寄す宮司へ遠く会釈す

三ヶ島の本家は代々宮司にて木深き宮に葭子も遊ぶ

自恃つよき葭子の生の拠りどころ曽祖父「日歌輪翁」の高き碑仰ぐ

三ヶ島の女人の話す「ところさわ」かくも清らか「さわ」の清音

葭子論の初めに説きし田井安曇氏「みがしま」にあらず「みかじま」なりと

逝きましし田井先生はと言ひかけて嫗しきりに涙をぬぐふ

秋深む永田町駅の交差点ひとり佇む田井氏忘れず

国会前安保反対のデモ行進かつてここにと正門を指す

秋くれば再び訪はむ谷町を葭子と田井氏の影添はせつつ

——三ヶ葭子は麻布谷町の長屋に暮らせり

芍　薬

たたずまひ美しき人その声も水無月の訃の三浦槙子氏

ありありと今のこころに添ふる古歌　時は還りぬ人は帰らず

みちのくのゆたけき草野の水を吸ひ茎太く立つ芍薬の花

ひととせを経て線香をくゆらしぬ草払はれし原阿佐緒の墓

画家にして嫁の父なる中川一政の「原阿佐緒墓」の刻字の自在さ

墓碑銘の「佐」の字の隅にほのぼのと何の虫かも繭ごもりをり

中指の爪に残れる墓地の土　書き継ぎゆかむ阿佐緒も葭子も

葛の勢ひ

夜の河のはぐれほうたる吸はれゆくＭＲＩの銀のドームへ

選ばれしものの心地に画数の多き病名瞬時に見つむ

用なきは除く　女医の断言を反芻しつつ日傘をひらく

長命へのスタートにせむ手術日は「玉ゆら」夏号発行ののち

冷凍庫へ小分けのタッパー納めゆく退院後の食支へむがため

咲き継ぎて小さくなりし梔子の花の香を吸ふ入院のあさ

独り身にふさふと予約せし病室　窓際なるをよろこびとせり

肩を落とすな溜息つくな病室を出で来し青年医師の背に告ぐ

母われがベトナム反戦を叫びしと息子に指さす米国大使館

クレーン車もフォークリフトも朝日受くビルの谷間の更地の一角

為すべきを成し終へゆかむひとつづつ麻酔醒めゆく床に思へり

しのび泣く若きを宥むるこゑ聞こゆ真夜のカーテンのいずれかのうち

さつきまで寝息たてゐし隣のひと強くはつきりいややと叫ぶ

賜はりし桃の薄皮ゆびに剝く午後の厨に真直ぐに立ちて

留守の間の裏庭淵となすまでの葛の勢ひ我がものとせむ

青竹を巻き締むるがに駆けのぼり花房揺らす葛の懸命

北に向く窓をひらけば流れ入る葛の花の香ほのかに甘し

醒めぎはの夢に去りゆく人のこゑ踏みしだかれし葛を歌へり

きのふ見し草かまきりも潜みゐむ雨したたかに打つ葛の原

夏はよる　清少納言の断言は緩むこころをすぱつと立たす

青蚊帳に螢を放つ夜々ありき四人の姉とさざめきあひて

幼な名に呼びかけくるる姉のこゑ留守番電話に青く灯れり

薩摩切子

うたびとの道より浄瑠璃語りへと歩みし君の数十年はも

——竹本道太夫へ

歌舞伎座の昼の部「弁慶上使」にて浄瑠璃語りつとむると聞く

花道にすくと現る弁慶を語れる声の響きわたれり

黒御簾の内にしづかに語る声遠つ世の人ありありと見ゆ

歌舞伎座の君を告ぐれば蓮の花ひらくごとくに師は笑みませり

よみがへる悲しみ深く身に刻み生くると歌ふ師は九十三歳

師に送る暑中見舞ひに選びたり薩摩切子の青き絵葉書

碑文

鰯雲散りばふ朝の日差し受け加賀の稲田の色づきしるし

七尾線なつ草しげる切崖(きりぎし)に白百合たかくさやかに咲けり

秋の田の稔りゆたけき羽咋の空　ＵＦＯの里と呼ぶをうべなふ

円盤型の宇宙科学博物館（コスモアイル）にはろばろと海の彼方の客人（まれびと）論聴く

蟬声のひそまりてゆくみ社（やしろ）に師弟の歌碑を探しあぐねつ

あひ並ぶ歌碑といへどもその弟子の石のあはれに慎ましきかな

のぼりゆく石くれ道の木むら透くひかりは気多のゆふぐれの池

二十年(はたとせ)を経て訪れし藤井家の庭の杉苔ゆふべ目に沁む

夕風の吹きとほりくる大広間ゆかりの人ら集ひ来るなり

わたつみの波の秀（ほ）先に乗りて来よ魂招（たまを）ぎの笛しめやかに鳴る

祭壇に献撰の神酒香りたちみ魂ひそかにかへる気配す

神官の祝詞に重ね鈴虫の透きとほるこゑ庭よりひびく

藤井家の三男にして折口信夫の養嗣子春洋（はるみ）　戦ひに死す

憂ひ濃く眼鏡の奥に何思ふ夜の祭壇の春洋の写真

硫黄島の洞窟の辺に綴りゐし空襲下の師を気遣ふる文

杖もろとも踏みいだすごと玉砕の島を語れる岡野弘彦

たぶの葉の暗きみどりの葉をささぐ折口父子の沙丘（すなをか）の墓

碑文(いしぶみ)の「もつとも苦しきた、かひ」へ師はねんごろに水そそぎます

折口信夫六十四年の祭り終へ杖に砂踏むわが師なりけり

照りしらむ晩夏の海のみ墓辺に仙人草のなだれ咲きをり

哀歌ありけり

沼空の『天地に宣る』を読み返す一首鑑賞をまとめむとして

今の世に読まねばならず真珠湾奇襲前後の百八十首

しんがぽうる落つ。初句に言揚（ことあ）げゐる六首ラジオの歓声はるかに響動（とよ）む

まなさきのフロントガラスを打つ時雨「伐ちてしやまむ」の声ごゑに似る

戦勝のニュースに昂る歌の間に「還らぬ海」の哀歌ありけり

昇り旗

秋雨の両国駅に迎へ打つ太鼓の響きいざ観にゆかむ

合戦のごとく四股名の昇り旗立ち並びゐて雨にはためく

秋相撲満員御礼の垂れ幕の土俵の巡り温気（うんき）湧きたつ

花道を小走りに来る勝ち力士懸賞金の熨斗袋手に

挑みゆき体軀ぶつくるその刹那黒く房なす髷の揺れだつ

相撲とはまこと興行　尻端折りの人ら嵩張る弁当運ぶ

譲られしこの枡席に夫在らば枝豆に塩ふりつつ思ふ

朝潮の出身地また本名も酔へば唱へし夫なりけり

想夫恋

枕草子九月初めの雨の段こゑに読みつつ書写しゆく朝

野分のまたの日の段長ければ明日へと細き栞をはさむ

女のひとりの家はいたくあばれて　始末せむかな萩の枯れ枝

弾くものは琵琶　調べはさうふれん　ユーチューブに聴く雅楽の音色

大空へゆらぎのぼれる龍笛の想夫恋沁む三回忌の夜半

Ⅲ

天狼星

ふるさとの桑の畑に亡き兄の掘りし縄文土器はいづくぞ

縄文人の裔（すゐ）の力をたのみとす矢じりのかけら秘め持つ日より

つきあぐる思ひを均（なら）し鎮めたる身にいくばくか胆力育つ

らんらんときらめきやまぬ天狼星（シリウス）に弓を絞るはいづれの星か

夜の眠りいづこへ漂ひゆきしならむ櫂にしたたる氷のしづく

真清水

床に差す朝の光は真（ま）清水の小さき泉　素足ひたさむ

言霊（ことだま）の光はつかに身に憑けり祈（ね）ぎごと声に病む子が言ふとき

夕暮れの坂道あゆむ幼な子の差し伸べてこし手のやはらかさ

ひろひ読む絵本のひらがな自(し)が声に読むよろこびを子は知りそむる

紫木蓮の濃きくれなゐを美しと汝(な)が言ふからに沁みて仰ぎぬ

無人駅に甲斐の山並み仰ぎつつ「春はあけぼの」誦（ず）しし少年

裏山の鴉の甘鳴きに耳すます幼き子らの呼び声に似て

咲き満てる遠やまなみの花こぶし憂ひは胸の底に淵なす

両肩に夫の手のひら置かれたり今もう少し励めよ努めよ

熱海駅日は高くして海上にしろがねの箔さざめきあへり

次郎子

河の辺の白き海芋(かいう)の群生が看取りに通ふ心を支へつ

ダイジヤウブ見てゐるからといふやうに鶯鳴けり夢にさむれば

「歔欷（きょき）」の意はむせび泣きといふ病室の眠れぬ夜の吾が子を思ふ

アニメ声の看護師なれど悩みごと聞きてくれしと朝に語りぬ

うつしみの癌の苦しみ兄と我につぶさに晒し子は逝きにけり

湯灌の儀終へし次郎子みるみるに鼻梁尖りて汝が祖父に似る

吾が胎より産み出しし子の壮年の亡(なき)がら抱き天へと還す

天上へ引きあげらるるたましひに荘厳の楽鳴りやまぬかも

蜜蠟

とりたてて言はずに来しを夢のなか堰越ゆるごと訴へやまず

短か夜の夢に蝙蝠傘かしげわたくしごとを言ひつのりをり

とぢこめておく悲しみの透きとほり胸の底ひに琥珀色なす

蜜蠟を灯してこよひ浮かびくる影と過ぐさむ琥珀のときを

夜の谿

木隠(こ)れの外人墓地にこもりゐる異土の母らが愛子(まなご)呼ぶこゑ

桐の花けぶるがに咲く谿はるか木霊をおこす亡き夫亡き子

せんなしと知れど緑雨の谿訪はむ逆縁の子の名を叫びつつ

夜ぐたちの谿の底ひのほととぎす今宵も喉を裂きて応へよ

母よここに眠ると遥かしるべせよ夜の谿底へ辿りゆかまし

ゆるされて夜の谿あゆむ日を待たむ未央柳の黄のしべふるふ

忍　冬

知らぬ間の疲れに心せよと言ふ抗癌剤を止めたる友は

水無月の我が誕生日へ雪崩れ込み採決なしし共謀罪法

樺美智子安保反対デモに死す十三歳のわが生(あ)れし日に

生れし日は誰かの忌日　古希にして沁みて思へるこの世のことはり

生かされていつまであらむ忍冬(すひかづら)の垣に思へり長命の父母

身巡りの古希を待たずに逝きたりしひとりびとりへ朝の香焚く

ひとつきを遅れて蒔きし風船蔓はや実を結びかろがろと揺る

グリーグのオーボエの曲さながらに沙霧はれゆく朝の山稜

誕生花カンパニュラの花言葉「感謝」を古希のしるべとなさむ

利鎌のひかり

わがうちの死者らにあらむそよぎくる秋冥菊の白きひとむら

萩の花しだるる垣に水まけばみどりの飛蝗(ばった)飛び降りて来ぬ

逃れむと細き脚もてこそばゆく右手の窪に飛蝗もがけり

しろがねの利（と）鎌のひかり細りつつ地球の影に月の入りたり

病むものの身代りとして月蝕のあかがね崇めし伝へ思ほゆ

欠けしのちふたたび満つる月あふぐ　なにゆゑ命は帰らぬものか

ハリーだ、やつぱりハリーだ。家出の犬戻りし絵本を好む子なりき

水引草くれなゐ深く咲くほとり秋の素(さ)水の通ふ音を聴く

素心蠟梅

きれぎれの虹　ゆき　ほうたる　魂の在り処を歌ふ辺見じゅんはも

螢田の虹を歌ひし人の通夜泣きくづほれし黒髪忘れず

若き日に読みふけりたる君の著書ゆき降る午後の書庫に探せり

子育ての我への細き道しるべ『はしりかねと八つの村のものがたり』

装幀の白緑ひそと静まりぬ幻戯書房の『五十鈴川の鴨』

――竹西寛子著

心こめ手がけし本をかたはらに逝きましにけむ秋の日ひとり

もつれつつ絡みあひつつなほつひに雪はひとりの存在を見す

天涯(てんがい)へ香り立ちゆけ雪のあさ黄の花ひらく素心蠟梅

貪婪な執着

連載をすすめくれたる成瀬有「青輅と葭子」の論おもしろしと

「人」終刊後「笛」創刊に参画すただに葭子を書き継がむため

ワープロを打つ両肩にがつしりと葭子の十指喰ひこみし夜半

「見事な推測、執拗な追及、貪婪な執着」岩田正氏の書評にをののく

——『歌ひつくさばゆるされむかも　歌人・三ヶ島葭子の生涯』

次なるは葭子の友の原阿佐緒書かむ書きたしみちのくのひと

志おなじき友らと興したりさやかに響け「玉ゆら」の鐘

逝きし友迎ふる友の魂の汀(みぎは)となりて明かり灯さむ

水瓶

秋の陽に透き通りて佇つスカイツリー百済観音の水瓶（すいびやう）のごと

昏るるまで空を眺むるいとまあり鹿島へ向かふ高速のバス

ゆたかなる霞ヶ浦の水面を秋の没りつ陽金に染めゆく

ふくらかな鹿島のをみなら新嘗(にひなめ)祭の餅つき奉仕を終へて集へり

山門の夕べ嫗はいつまでも杖を支へに手を振りくれぬ

「玉ゆら」の友に逢はむを願ひしといふ君の柩を送る秋の日

葬(はふ)り終へ友らと下る坂道にひよどり上戸の紅き実の透く

ショートカットの汝が耳たぼに飾りたし深紅に透ける秋の草の実

いつにても優しさにじむ岩田正氏みまかりし日は夫の命日

ブリューゲルの狩人のごと着膨れし老い下りくる雪もよひの坂

貧しさに罪を犯せるゆくたてを長谷川平蔵座して語れり

Ⅳ

書架

——平成じぶん歌三十首（「短歌研究」２０１８年11月号）

平成一年（一九八九）　日本語教師二年目の初夏

天安門事件の新聞持ち寄れる留学生らの表情厳し

二年（九〇）　日本近代文学館へ通う日々

「青鞜」の熱気に巻かれ胆力増す三ヶ島葭子の「哀調百二十章」

三年（九一）　次郎子カナダへ、太郎子仙台へ

次郎子太郎子春に巣立ちて何せむに洗濯機冷蔵庫動き止めたり

四年（九二）

兄の死を告ぐれば傍(かた)へに居てくるるパーティー会場の花山多佳子さん

五年（九三）　第二歌集『晩夏の記』刊

当直中に倒れし夫の手術終へ労災申請をと脳外科医告ぐ

六年（九四）　岡野弘彦主宰「人短歌会」解散す

おのおのの力に拓け「人」二十周年解散ののちの「白鳥」「滄」「笛」

七年（九五）

草深き夫の官舎へ在り通ひこの世のなべて過ぐるここちす

八年（九六）　歌論集『母音憧憬』刊

宮柊二論精緻なりしと達筆の辺見庸氏の手紙届きぬ

九年（九七）　国際日本文化センターの芳賀徹教授を班長とする共同研究「近代の女たち
　　　　　　　――その表象と自己表現」に於いて「書く女――歌人三ヶ島葭子」を研究発表

研究会終へしレストランの胴間声　有象無象は吾を指すらし

十年（九八）　日中短歌シンポジウム（北京）に篠弘氏、高瀬一誌氏、石川不二子氏らと参加。

中国の春の大地をゆつたりと『牧歌』の歌びと踏みてゆくなり

十一年（九九）　引っ越し

夫の職場へ三十分の家に越す足腰きたへむ多摩の丘陵

十二年（二〇〇〇）『三ヶ島葭子全創作文集』、第三歌集『羊皮紙の花』刊

葭子の遺児倉片みなみ氏と田井安曇氏の序を巻頭に編著成したり

十三年（〇一）　母他界す（九十三歳）、山梨高校（高女）に音楽教師として三十八年間勤務

霊柩車の母に告げをり勤務校の音楽室に百日紅咲くを

十四年（〇二）『歌ひつくさばゆるされむかも――歌人三ヶ島葭子の生涯』刊

丸善の書架に並ぶと鞄より夫が取り出す吾の著作を

十五年（〇三）　七月十日、短歌と評論の季刊誌「玉ゆら」創刊、編集発行人

「笛」を辞し三年目の夏みづ色の晶(すず)しき「玉ゆら」創刊号成る

十六年（〇四）　山梨日日新聞に現代語訳『ゆく雲・たけくらべ・大つごもり』連載

クレゾール臭ふまひるの新吉原『たけくらべ』の地を日傘に辿る

十七年（〇五）　インタビュー「日本芸術院会員・岡野弘彦」、第四歌集『彩雲』刊

するするとましらとなりて熟柿盗る万葉旅行の岡野先生

十八年（〇六）

純白の八重のくちなし香にたちて梅雨のあしたの庭にひらけり

十九年（〇七）「ＮＨＫＢＳ短歌スペシャル・河野裕子進行（神戸）」に出演

葱の歌さびしすぎると河野裕子へ率直に言ふ江戸っ子小高賢

二十年（〇八）森岡貞香監修・編集協力『女性短歌評論年表　１９４５〜２００１』刊

熱き紅茶にブランデー注ぎ始まりぬ森岡貞香の千夜一夜物語

二十一年（〇九）『源氏物語』千年紀

まならに青海波の舞浮かべつつ午後の電車に繰る「紅葉賀」

二十二年（一〇）『女性短歌史年表』編集の佐伯裕子、花山多佳子、今井恵子、西村美佐子、川野里子らと、「今、読み直す戦後短歌」シンポジウムを前年より二〇一二年まで五回開催。

傍流と言はば言ふべしウイメンズプラザに友らと論読み合はす

二十三年（一一）

大震災のひとつき前に逝きし姉の肩揉みくれしピアニストの手

二十四年（一二）『原阿佐緒　うつし世に女と生まれて』刊

ポスターの微笑に誘はれ応募すと第八回『平塚らいてう賞』の壇上に告ぐ

二十五年（一三）第七歌集『星辰』刊

桃の咲く里の足湯に膝小僧そろへて浸かるわれの少女子（をとめご）

二十六年（一四）『少女思ひ出草——三ヶ島葭子著「少女号」の歌と物語』刊

そのままで十分と言はれ四十四年間ともに暮らしぬ倖せなりき

二十七年（二一五）

モノクロームの街路俄にいろづくと受験期終へし青年が言ふ

二十八年（二一六）

現し世に吾をひきとむるものを問ひ梟の谷もとほりにけり

二十九年（二一七）『長夜の眠り――釋迢空の一首鑑賞』刊

裏濾しのかぼちゃのポタージュうましとて飲み干しくれしを思ひ慰む

三十年（一八）　九月三日、九十四歳の岡野弘彦先生、折口信夫六十五年祭を行へり

海荒るる羽咋の墓前に声を張り「傷つけずあれ」を師の読みたまふ

竹林

若竹の粉をふく節目に手を触りてさきはひ祈る亥年の元朝

熊笹の茂みに音を立てて降る雨はみぞれになりてゆくらし

直ぐ立てる琅玕（ろうかん）の奥へ駆け去りし蹄の音を夜半に恋ひをり

山茶花と椿の見分けは散りぎはと語りし感染症医学者偲ぶ

君葬（はふ）り心むなしき冬の日々翡翠色なす竹林あふぐ

団塊の年女

丁亥(ひのとゐ)の二男五女の末の子は早苗のそよぐ朝に生れたり

血液型干支も等しきわれら逢ひ成しし長子もB型亥年

太郎子と次郎子を得てつくづくと世界のをのこ可愛ゆくなりぬ

義母に兄も夫に長子その息子も猪武者の活力に富む

半世紀を結ぶ友情　団塊の泥付き牛蒡も年女なり

甲州の亥年の友は定年後シャインマスカットの畑を広ぐ

信州の亥年の友に貰ひたる胡桃ぎつしり実の詰まりをり

市会議員となりて何期目きびきびとブログを綴る亥年の友は

仕事持つ娘の子らを見るといふ教師にて若き寡婦なりし友

病む夫君を支ふる友の日々おもふ朔太郎の詩の美(は)しきペン字も

秋の実をこまかく刻む友の手を思ひつつ丸き亥の子餅食む

春の熊野

わがうちのあくがれごころ呼びさます春の熊野へゆかむと言ふ声

双眼鏡たづさへゆかな八咫烏(やたがらす)みちびく熊野の空思ひつつ

夜の河鹿　暁(あけ)のいかづち　うつつなく春の熊野の湯宿に聴けり

降りしぶきフロントガラスを打つ雨のたちまち雪にかはる熊野は

和泉式部詣でしといふ玉置神社の神代杉へ霏霏と雪降る

龍神は熊野の峰々かけのぼり冬の名残の雪を降らせり

がうがうと粉雪まじりの風響(とよ)み神代杉の注連(しめ)縄を震はす

修験者の越えてゆきたる杣(そま)道の果無(はてなし)峠に早(さ)蕨の萌ゆ

座棺めく補陀落神社の小舟より途切れ途切れに読経の声す

木像の千手菩薩のまろやかな頬にをさなき吾子を重ねつ

幽(かく)り世の君らとあふぐたをやかに那智の白滝かぜに靡くを

最終講義

梅雨寒の午後に九十五歳の師の伊勢物語の講義聴きをり

師の読める「むかし　をとこ」の「と」の高し伊勢と大和の境に生れて

いといたう古代の男泣きゐるは情熱ゆゑと説くも愉しき

大き感動与ふる古典を読む幸を最終講義に語りくれたり

先生の講義聴き終へ友らと帰る大伯皇女の歌など誦して

盆行事

アガパンサスあぢさゐ桔梗モーブ色の悲しみつねに胸を浸せり

朝風に音なく揺るるさみどりの風船葛のふくらみかろし

いとけなき精霊飛蝗飛び来たるすべりひゆ引く七月の墓

新盆に求めし廻り燈籠の組み立てはかどる回を重ねて

生き残るものをなだむる盆行事　秋草めぐる青き灯籠

いやはての息子の姿をまた思ふ麻幹のたうち燃えあぐるとき

なべて死は苦しみよりの解放と癌の夫と子を看取りうべなふ

送り火を終へて一人の庭先のわがために鳴くかなかなの声

鉦鳴らし蠟燭灯すあさあさに死者らまぢかく身めぐりに立つ

明治神宮本殿遷座祭

遷御の儀　令和元年八月十日（土）午後七時

灯りみな消えし本殿　白絹の引き下ろされて影のみ動く

雅楽の音のびやかに鳴り警蹕（けいひつ）の声に御扉ひらく気配す

仮殿ゆ本殿へと捧ぐるは御霊代（おたましろ）らし還りきにけり

奉幣の儀　令和元年八月十一日（日）午前十時

神撰の供へしづしづと運びゆく本殿にいます御祭神へと

御祭文唱ふる勅使の声ひびく日の照りつくる夏の祭壇

光源氏もたくみに奏でし琴の音の本殿内の円柱ぐぐる

ものかげに若き宮司らみつめをり東遊びの神楽の舞を

来る年は遷座百年を祭るといふ明治神宮蟬時雨濃し

粗塩

命日に訪ふ人のゐて花かごもコーヒー缶も供へられをり

とうに亡きちちははのごと憶ふ日もありて夫亡き六度目の秋

まこと死者は在らぬと心定まりて夫のスーツを古着の日に出す

「万」のつく友どちの歌三十首パソコンに打ち力を得たり

——「玉ゆら」新年歌合せ題詠「万」

万葉集四千五百首われらにあり万の言の葉よろづの思ひ

傷口に粗塩擦り込む思ひもて夫の闘病を歌集に纏む

上弦の月

小春日の八手の茎に分かれ咲く白き団花（たま）に蜂の来てをり

天狼星またたきやまず私（ひそ）かにも慕ひし青木生子氏の逝く

晩年の原阿佐緒の住む真鶴に夜を徹して語りしと聴く

すぎゆきを辿りて明かす原阿佐緒　若き女性研究者君へ

相模湾けぶるかなたの保田の丘　石原純との紫花(しか)山房はも

——原阿佐緒は石原純と房総保田の紫花山房に七年暮らす

霜月の上弦の月ひかり増し永遠（とは）の眠りのひとりを迎ふ

V

師のこゑ

真実を歌へと告(の)らしし師の歌集八冊を読む睦月きさらぎ

春あさき日光(ひかげ)のうつる障子の間背筋正しき師にまむかへり

ほのぼのと釋迢空を語るこゑ日暮を惜しみ聴きほれにけり

あかときの庭に待ちゐし迢空のやさしさを説く問はず語りに

おのづからかへる思ひに添ひゆかむいくつもの問ひ胸に収めて

時くれば堅き蕾もほぐるるを前のめりなるわれの来し方

半世紀のかかはり長しと微笑みぬあまたの問ひに答へくれしのち

鞦韆

常よりも耳鳴り激しき夕暮れに芳賀徹先生の訃報を知りぬ

力なきわれを励まし三ヶ島葭子を世に送りくれし先生なりき

久しくお目にかかりませんが「玉ゆら」を愛読して　の葉書は歳晩

年賀状の宛名は親族の文字らしき鷹女の鞦韆うるはしく説く

ギリシア宋代李朝ロココに徳川の娘らへと鞦韆の世界を広ぐ

如月の斎場へむかふ地下道に黒きマスクの娘とすれちがふ

しめやかに弦楽四重奏曲流れをり先生らしき無宗教の葬儀

まこと君は人の憂ひを知る人と小学校よりの友が悼めり

西方の樹

釈天樹　十四歳の君はいま仏の示す道たどりゆく

うつくしき仏の子なり眉黒く太くりりしく色のしろき子

眠るごとく命終へたる十四歳の少年になほうぶ毛の髭生ゆ

発病し七歳まではと言はれしが十四歳ひとつきの命おはりぬ

短念仏・和讃・回向と声によみ往生安楽国に慰めを得る

母方の祖父母養護教諭らの涙にふかき恩愛を知る

天上に君を待ちをり父も母も祖父も腕（かひな）をひろくさしのべ

オンラインに別れの祈り唱へをる君の弟みまもりくれよ

蜻蛉の翅透くあした夭折の君を真澄の天へ送りぬ

葬(はふ)りへと青田をよぎるバスに見き西方浄土とまがふ枇杷の樹

伊豆の家

ディスプレイの電話番号覚へなくも受話器を取れば岡野先生の声

贈りたるわれの歌集を読みしといふ　思ひきつたね書名『豊旗雲』

ご主人が亡くなられてからと問はれたり我には重き六年の日々

一人にて暮らすと言へば海みゆる妻との伊豆の家を語れり

伊豆にあらば妻との思ひ出をちこちに　師のさびしさに応ふるすべなし

呟きに似る「定命（ぢやうみやう）」の師の声に九十六年の歳月ふかし

非在

長月の三日の羽咋の迢空忌コロナ禍ゆゑに行くは叶はず

迢空忌羽咋の海の遠鳴りをこころに聴くとメール来てをり

凪ぎわたる遠海原へ吹く笛に還り来たれる魂を憶ほゆ

ベランダにそよぐ秋草はるかなる折口父子の墓へ手向けむ

フォーレのミサ曲うたふ女声合唱秋の無尽のひかり降らしむ

こほろぎも邯鄲も鳴き祝ひくるる非在の夫との金婚の宴

夫と見し丘のなだりの曼珠沙華白きが増えて一列をなす

九十年生きたる義兄の姿とも富士の秋色蒼きを仰ぐ

おもむろにマスクを外し秋天へ僧の唱ふる七回忌の経

囁きて目白のつがひ枝うつる黒き実残る百日紅の木

ねずみもちの房なす黒実にまたがりて鵯らひねもす啄みやまず

穏やかに日差し温もる睦月半ばコロナの変異種あらはれにけり

独り棲む母へと息子夫婦よりの経皮的動脈血酸素飽和度（パルスオキシメーター）あさあさ測る

古社の参道

全歌集の解説託す　九十七歳の師の声確かに胸に収めつ

身をこはすまでは望まぬと気づかへる先生の声に背筋のびたり

受け取りし『岡野弘彦全歌集』の初校の重さに思はずよろめく

初校ゲラ広ぐる卓へと戸棚より真白きクロス取りいだすなり

アイロンの蒸気に折皺まづ延ばす任をつとむる心がまへに

白布敷く卓に余れる解説の関連書籍は巡りの椅子へ

月刊歌誌「人」二十年分を並べおく書斎の床をつつしみ通る

——「人」岡野弘彦創刊主宰

師の生家「川上山若宮八幡宮」大鳥居の前の集合写真

——「人」全国大会一九九一年八月

記紀神話よみがへりきて立ちすくむ杉生(ふ)をぐらき古社の参道

校正はまづ目次から楽しくも畏れもありて如月二日

二千羽の鶴(たづ)むら天を舞へる夢醒めたるのちも息づきはやし

海の歌つづく歌群に思ひ出づ老いの館に海恋ふる師を

日脚やや伸ぶる兆しの卓に載る未完歌篇の施頭歌・組歌

籠りゐて憂ひ濃き身にはろばろと天のつかひの春詠鳥(うぐひす)のこゑ

書き出しのやうやく決まりキーを打つ碧き朝明け両眼の冴ゆ

浄められたり

いくたびも我の心を打ちなほす思ひにて読む師のうからの歌

己が身に降りかかりたる不幸せに向き合ひ歌ひし師のこころ見よ

惻々と胸に迫りぬ桜の下に隠れ家なしと歌ふ老いびと

歌集『飛天』読みつつ愉し中国の老人を詠むたしかなる目

「天竺の門」の五十首　堂々とインドの世界を日本語に詠む

胸のうち青き涼風吹き寄する未完歌篇の夏野ゆく歌

釋迢空の信頼かくも篤きこと二十五年祭の祝詞に知りぬ

常臥(とこふ)して三年の父の眼尻(まなじり)の涙のわけを師の問ひ続く

母を憶ふ師の歌かなしと読みすすみいつしかこころ浄められたり

夏富士

吉報はまこと思はぬところから優良歌誌賞を「玉ゆら」が受く

――「日本短歌雑誌連盟」

短歌と評論掲げて歩む「玉ゆら」を誰か遠くに見守りにけむ

ゆらぎいづる何かがあると「玉ゆら」の名を褒めくるる岡野先生

見えねども確かにあるとふことはりの胸に兆して夏富士あふぐ

若書きの三ヶ島葭子の一首評とりあげくれし岡井隆氏逝く

葭子研究の礎(いしずゑ)なりき独自の眼と背を押しくれし岡井隆氏

新入社員の孫より届く誕生祝ひウオーターマンの水色のペン

ルノワールの絵葉書セットは孫娘よりセーラー服の少年愛らし

パルテオン神殿思はす新装の文化センターに対面歌会す

席を空け向き合ふ教室見回して千鳥がけねと媼ら微笑む

唇のへりややあげて乳母車のをみなご笑ふマスクのわれに

真珠星

壁面ゆ一角獣は首もたげ遥か南の花の香さぐる

真珠星またたく夜更け素足もて穹（そら）のみぎはを踏みてゆかまし

まさびしき古りしをみなの足音に亡きうからの一人がめざむ

肘と肘はつかに触れて押し戻す短き逢ひを遂げたるのちに

星辰の互(かた)みに保つディスタンスあふぎ定まるこころと言はむ

湿地

庭隅の大理石（マーブル）模様の雪の下　夫在りし日は天ぷらに摘む

ひとしれず山あぢさゐの白き花ものいふごとく草陰に咲く

山あぢさゐ咲くと告げむか根を分けて送りくれたる夫の友へ

渓流の碧き涼しきみなもとの響きききとむ紫陽花の庭

灯り消し寝よと諫めし夫の声半ば待ちつつ夜を徹し読む

湿地の泥踏みつけ貝を吾もさぐる動物学者の筆致にさそはれ

——ディーリア・オーエンス著『ザリガニの鳴くところ』

読み終へて日かずふれどもたましひはノースカロライナの湿地さまよふ

葉の陰に色づく琵琶の実をあふぐ夭折の汝の一周忌近し

和音

秋天へ雅楽の音色ゆらぎたち献詠披講の式はじまれり

幾層の和音のひびく笙の音に光りさざめく谷川の見ゆ

これの世に逢ひしことなき祖々（おや）のこゑの恋ほしさ篳篥（ひちりき）を聴く

大祭の式を終へたる神殿の午後ゆるやかに秋の蝶舞ふ

境内の七五三の幼きらマスクを外す笑顔みな良き

少年兵

タリバンのかの少年兵のいくたりかアフガン制圧者の壇上に居む

逃れむと機体に縋り落つる人、人、　母国とならぬかアフガニスタン

池にひそみ戦ひたりしタリバンの少年兵にこころ寄す師は

——第七歌集『バグダッド燃ゆ』

自爆せる少年兵を蔑(な)みせずと学徒兵なりし師は歌ひます

蛸壺を掘り爆薬を抱へ持ち敵艦に走る訓練なせり

特攻機つらねゆきたる同級の友らを想ふ九十七歳の師

薔薇の石鹸

薔薇の香の石鹸ことに悦びぬ九十八歳の誕生日の義母

大地震の東京たすけむと蔵を開け卸の医薬品を放出せし義祖母

——大正十二年九月一日

北海のおテツと呼ばる　医薬品なべて東京へ送り続けて

率先し縄もて医薬品の荷をくくり月満たぬ義母を産み落としたり

――九月二十三日

国体のスキー選手にて薙刀の会長長くつとめし義母なり

逆縁の長男すなはち我が夫の八年目の忌に声を震はす

札幌は秋より初冬へ　義母を看る義姉の文面あかるく簡潔

野紺菊咲く道あゆむ十月尽見舞ひ叶はず叔母を送れり

北米・ウィニペグの友

金星へ吸ひ寄せらるる速度もて上弦の月昇りてゆけり

凍て土に暗緑の葉を広げつつ蕾はぐくむクリスマス・ローズ

米子さんに続きて淑子さん紀世さんも「玉ゆら」辞すと手紙くださる

創刊号より二十年をウィニペグに日本語の歌を汲み上げて来し

酷寒の北米の地に二世とし九十歳を越ゆる友どち

Ⅵ

吉報

金木犀ふたたび咲きて香る午後千頁余の校正すすむ

――『岡野弘彦全歌集』

全歌集初句索引の「お」の項の「親々・祖々・妣々」重し

初句索引五十項余の「かなしみ」に九十七年の師の生辿る

なまなかに評すべからず四十代の師の厳しさと烈しさ知れば

白粥をゆきひらに炊く冬の歌ほのかに湯気のたちのぼりきぬ

受話器取る耳より腕へ全身を瘧（おこり）となして吉報走る

――岡野弘彦先生・文化勲章受章

朱（あけ）の実のひごと粒立つピラカンサよろこびごとを秘むるは難し

鬼哭く声

「馬酔木」にて日露戦争を歌ひゐる理論物理学徒石原阿都志（あつし）（石原純）

——「馬酔木」二巻一号　明治三十八年一月

稲妻のエレキと尊きラヂウムと長歌「真壮夫（ますらを）（詠廣瀬中佐歌）」歌ふ純なり

疫病(えやみ)なるチフスに牧師の父逝きぬ弟妹借財を純に遺して

——明治三十七年十一月二十一日

大学も歌会もゆかぬ数ヶ月死傷者六万の旅順を思ふか

石原純の旅順「攻城難」二十六首霜夜読み解く百余年経て

われのみが汝の念ひを受け止むる気負ひ兆せり戦場詠に

赫土の二百三高地の闇を裂く銃弾にたふれしあまたの兵士

藁靴の紐の垂れゐる負傷者の担架の端を見逃さぬ純

かばね伏す冬禿山に火の粉散り空鳴り鬼哭く声を聴く純

人生の凄惨極むてふ詞書きの「攻城難」歌おろそかならず

国境

戦争はかくも間近に迫りくる二十一世紀なのにとキーウの娘

国境の地図の黒線見てをれば村あり川あり暮らしの声あり

湯気こもる厨も春を待つ庭も無誘導爆弾が瓦礫となしぬ

昨日までパン生地こねゐし媼ならむ手をひかれ国境の板橋わたる

思ひ出づドン・コサックの男声合唱ちから強くて物悲しきを

あたらしき兵器つぎつぎ目にするは第三次大戦近づくしるし

核の脅威ならば日本も持つべきと堂々といふ二〇二二年春

うつむきて冬より春へ咲きつづくウクライナ原産のクリスマス・ローズ

ウクライナの国旗の色のピンブローチ友の手製を襟元にさす

眼の縁の隈どり白き画眉(がび)鳥のわが聞き倣(な)しにスパシーバ(ありがたう)と鳴く

スパシーバのウクライナ語はジャークユ　国境のなき野鳥のさへづり

コーリアよイヴァンよ戦死の子らの名を空たかく呼ぶ朝の画眉鳥

おろかしくくやしくむなしくおぞましく　侵攻半年湧きつづく語彙

あめんぼの輪の広ごれる睡蓮池渦なす朝の雲を映せり

えぞしやくなげ

花八手咲き終へクリスマス・ローズ咲く睦月の夜半にとどく義母の訃

遠き日に譲りうけたる黒真珠の指輪けふより形見となりぬ

欠航のおそれに一便早めむと受付カウンターに声つよくせり

札幌へ吹雪をつきて笛鳴らし快速ライナー雪野を走る

百一歳の義母の通夜へと集ひ来る老いびと多し雪の札幌

私が先でなくてよかつたわ　膵臓癌病む義姉の声ますぐにひびく

病室よりオンラインにて参列の帽子の義姉にみな手を振れり

えぞしやくなげ描く包装紙の六花亭　義母のをらねば遠のく札幌

月満つる夜に召されてゆくといふ命を思ふ如月六日

悪童より庇ひし二歳としうへの義姉のみたまを夫が迎へむ

もう義母に買ふこともなし空港の土産売り場の東京べつたら漬け

遇ふ人も　あふ人も、みな　旅びと　迢空の挽歌思ほゆ出発ロビー

――なき人の／今日は、七日になりぬらむ。／遇ふ人も　あふ人も、みな　旅びと（釋迢空）

蔵（しま）ひおく義姉の刺し子の布巾数枚みどりの糸の麻の葉模様

麻の葉は人とのつながり大切にせむとの謂なり義姉にふさはし

まなしたの雪の連峰こぞり立ち地球創世の様相を見す

雪原の彼方はつかに浮かびくるシン・ゴジラに似る黒き風不死岳(ふっぷし)

湖上にて夫が指差しアイヌ語を漢字とともに教へくれし山

夕空をライラック色の雲なびく義母を看取りて逝きし義姉はも

あとがき

『西方の樹』は私の第九歌集です。二〇一四年十一月から二〇二三年二月までの四百九十八首を制作順に纏めました。歌集名は、次の一首から採りました。

葬り(はふ)へと青田をよぎるバスに見き西方浄土とまがふ枇杷の樹

挽歌の多い一冊です。前歌集『豊旗雲』は、夫の癌の発病から闘病、永眠までの一年間を歌日記として纏めました。本集にはその後の一人の暮らしの中での思い、自身の手術、身内や恩恵を受けた方々との永別を歌いました。中でも次男が夫と同じ膵臓癌と分かり、短い闘病期間を経て亡くなったのは、形容し難い哀しみとして長く歌うことができませんでした。一つの慰めは、十七歳の時、かつて家族で暮らしたカナダへ留学し、その後自由に世界を歩き回っていた子が、病がわかって帰国し、わずかな入院生活でしたが看取りに通い、夫の時とは比べようのない壮絶な癌の苦しみの子を胸に抱きとめ、天へと還す事ができたことです。思えば今も不思議ですが、産まれたばかりの嬰児に授乳した時、あまりにも私の父に似ていて驚いたのですが、湯灌を終えた子の面差しが父の高い鼻梁とそっくりになって行ったことです。そして、天からの一筋の光に導かれ、荘厳の楽の鳴り響くなかを昇っていく子の魂を、確かに見届ける事ができました。

挽歌とは、それぞれの死を歌で刻印し、かつ永遠の生命をこの世にもたらすものではないか、と一冊にまとめる過程で考えました。こうして私は皆から恕（ゆる）され、これからも見守られていくのだと実感しています。歌が身近にある幸に改めて感謝します。特に、編集に携わる「玉ゆら」の仲間の存在が大きな支えであり、ともすれば挫けそうな心を持ち直す大きな原動力となったことを記したいと思います。また、『岡野弘彦全歌集』の編集に協力し解説を任せられたのも、力不足は否めませんが有難いことでした。先生の歌への導きがあってこそ歌い続けて来られました。
古典から現代まで、短歌は今も私の心をうるおし立ち直らせてくれます。混沌とした先の見えない世界ですが、西方浄土へいつか行ける日まで、精進し祈りをこめて歌っていこうと思います。ここまで支えてくれた家族や多くの人々に感謝します。
最後になりましたが、砂子屋書房社主の田村雅之氏には第一歌集の刊行以来お世話になり、今回も何度も励まして戴きました。倉本修氏の歌の内容に沿った装幀もいつも楽しみにしております。お二人に心よりお礼を申しあげます。

二〇二三年三月　春の彼岸会の近い日に

秋山佐和子

歌集　西方の樹

二〇二三年五月九日初版発行

著　者　秋山佐和子

発行者　田村雅之

発行所　砂子屋書房
東京都千代田区内神田三―四―七（〒一〇一―〇〇四七）
電話　〇三―三二五六―四七〇八　振替　〇〇一三〇―二―九七六三一
URL　http://www.sunagoya.com

組　版　はあどわあく

印　刷　長野印刷商工株式会社

製　本　渋谷文泉閣株式会社